ESSAI

SUR

PASCAL.

ESSAI

SUR

PASCAL,

PAR M. MONTEL,

ÉTUDIANT EN DROIT.

Placuit..... Magis amicas veritas.

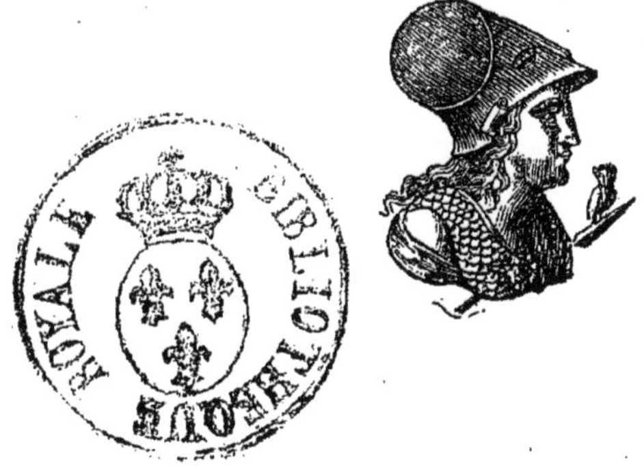

CLERMONT,

DE L'IMPRIMERIE D'AUGUSTE VEYSSET,

LIBRAIRE, RUE DE LA TREILLE.

JUILLET 1823.

PRÉFACE.

Cet Essai fut d'abord destiné au concours ouvert en 1822 par la Société d'encouragement de Clermont; et si, contre ma première intention, je suis forcé de le mettre au jour, c'est parce que je me trouve dans des circonstances où je ne pourrais cacher mes efforts au public qu'aux dépens de mes propres intérêts. Après avoir satisfait à toutes les formalités prescrites, je devais me promettre un accueil impartial. A Dieu ne plaise que je prétendisse être préféré aux autres concurrens, je prétendais seulement être admis à l'examen de la commission, et cette faveur, où tous les candidats avaient des droits communs, est devenue le partage exclusif du vainqueur. Ainsi mon Essai a été rejeté, au mépris de toutes les règles, et sans que j'aie jamais pu découvrir les motifs d'une conduite aussi étrange. J'ai dû m'en plaindre, et mes réclamations ont été exposées dans les termes les plus décens. Un homme, augurant assez bien de lui-même pour regarder comme personnels les reproches d'injustice, entreprit de me répondre. Dans l'impuissance de réfuter avec succès des observations péremptoires, il eut recours aux injures, me prêta des dispositions que je désavoue, et décria publiquement un ouvrage qu'il avait comblé d'éloges en ma présence. Il me sera permis de fournir au public les moyens d'apprécier le jugement de M. Toulouzet, et ma seule ressource est de me rendre à son défi, en livrant à l'impression mon discours. Quelles que soient les suites de cette démarche, elles n'ont rien qui doive m'alarmer. Si l'on m'approuve, ce suffrage me sera flatteur; si, au contraire, on me condamne, la critique au moins aura été éclairée. Au reste, je cède ici surtout aux sollicitations de quelques personnes honorables, dignes de toute mon estime; et je trouverai, dans cette condescendance, une satisfaction que toutes les censures ne pourraient m'enlever.

ESSAI SUR PASCAL.

Nonne humani ingenii modum excedit? Ut magni
sit viri virtutes ejus non æmulatione, quod fieri
non potest, sed intellectu sequi, omnes sine dubio
et in omni genere eloquentiæ procul à se reliquit.
QUINTILIEN, *liv. X.*

S'IL est vrai, comme l'a dit Bossuet, *que la louange
languisse près des grands noms,* c'est être bien hardi
que d'entreprendre l'éloge de Pascal. Quel nom
pourrait en effet éveiller de plus glorieux souvenirs
et présenter une plus grande image à l'esprit? Il est
des hommes extraordinaires qu'il est plus difficile de
louer à mesure qu'on les admire davantage. Pascal
n'a donc pas besoin des secours de l'éloquence : son
éloge est dans toutes les bouches. Cette ville qui s'é-
norgueillit de lui avoir donné le jour, ces monumens
qu'on lui élève, cette montagne, le théâtre de ses
triomphes, tout proclame à l'envi sa gloire, et forme
un concert de louanges bien plus éloquent que tous
nos discours.

Toutefois ne nous laissons point éblouir : de grands
talens ne font pas toujours de grands hommes; et si
Pascal n'eût été qu'un de ces héros trop fameux, ou
l'un de ces génies privilégiés que la nature orna de
tous ses dons, mais qui se ravalèrent par l'étrange
abus qu'ils en firent, vertu, gloire, humanité, noms
sacrés et si souvent profanés, c'est vous que j'atteste !
non, je ne viendrais point, par des éloges étudiés,

mendier pour autrui une admiration que désapprouverait ma conscience. C'était une lâcheté à Sparte qu'être brave sans la justice et les lois.

Ce ne sera donc qu'après avoir reconnu le philosophe vertueux, que nous offrirons de justes hommages au savant qui répandit d'éclatantes lumières sur cette France, où il introduisit les sciences et les lettres. Nous verrons, dans le cours d'une seule vie, tout ce dont peut être capable l'esprit de l'homme, soit qu'il veuille dévoiler les phénomènes que la nature semblait cacher à nos regards, soit que, scrutant les abîmes du cœur humain, il signale les causes de ses contrariétés frappantes, et montre aux mortels, passagers sur la terre, quelles destinées les attendent au terme de ce voyage. Si les paroles manquent, les faits diront assez ; et celui-là approchera le plus de la hauteur du sujet, qui sera le plus fidèle dans son récit.

Quel que soit le sort de cet Essai, il est une récompense que j'ambitionne surtout, et qu'on ne peut me ravir, parce que je la trouverai dans le fond de mon cœur. Si j'obtenais, en outre, l'approbation de mes juges, je n'aurais point lieu d'être mécontent de mon travail ; si d'autres ont mieux réussi, ma conscience n'en sera pas moins satisfaite ; et, loin de murmurer, je me retirerai, comme autrefois ce citoyen de Lacédémone, en me réjouissant pour mon pays de ce qu'il n'a pas besoin de moi pour célébrer la mémoire de ses grands hommes.

PREMIÈRE PARTIE.

Parmi les hommes illustres, il en est qui conservent aux hommages de la postérité des droits d'autant plus légitimes, qu'on a souvent à expier envers leur mémoire, avec l'ingratitude de leurs contemporains, des siècles entiers d'un oubli injuste et d'un silence dédaigneux. L'histoire nous montre des villes courant aux armes et se disputant la gloire tardive d'élever un monument expiatoire au chantre d'Ilion; nous aussi, messieurs, nous avons des mânes à appaiser : les cendres de Pascal ne reposent point dans ces murs(1); et l'éloquence, trop long-temps muette parmi nous, n'a pas encore réclamé ce grand homme. Quel autre, cependant, devait à plus juste titre réveiller notre enthousiasme et notre orgueil national? Quelle que soit l'époque de sa vie que nous envisagions, quel que soit celui de ses ouvrages que nous parcourions, l'admiration et l'étonnement ne sauraient trouver un seul instant de relâche. Avec ses premiers pas dans la vie, commence cette chaîne d'événemens prodigieux que nous ne pourrions, sans les autorités les plus graves, nous empêcher de confondre avec les fables que les poëtes nous racontent de leur Hercule au berceau.

(1) Le tombeau de Pascal est à Paris, dans l'Eglise de Saint-Etienne-du-Mont.

1 *

Je laisse à d'autres le soin de célébrer l'origine de leurs héros. Pascal devait jeter plus d'éclat sur les images de ses ancêtres qu'il n'en pouvait recevoir. Entre les avantages plus réels que lui accorda la nature, nous regarderons comme l'un des plus précieux pour nous qu'elle ne l'ait point placé à l'une de ces époques malheureuses où sa raison eût trouvé, dans l'esprit des contemporains, un accès d'autant plus difficile qu'ils se montraient plus fiers de leur stupide ignorance (1); ce flambeau se fût éteint après avoir brillé, dans les ténèbres, d'une splendeur inutile.

Ce fut aussi un hasard non moins heureux, que celui qui lui donnait pour père (2) un sage qui sut toujours allier à sa tendresse la vigilante sévérité d'un habile précepteur. Qu'il est touchant, qu'il est digne de fixer nos regards, le tableau qui, au milieu du deuil causé par la mort d'une jeune mère, nous montre ce magistrat abdiquant les premières dignités de la magistrature, et venant, comme un autre Caton (3), remplir parmi des nourrices un devoir plus sacré! Père sensible et vertueux! non, ce temps ne sera point perdu pour ta patrie; garde-toi bien des maximes d'une fausse sagesse; ne confie point ce précieux dépôt à des mains étrangères : c'est à toi seul qu'est promise la plus douce des récompenses!

(1) On sait avec quelle jactance nos ancêtres déclaraient ne rien savoir, pas même écrire leur nom.

(2) Le père de Pascal était président à la cour des aides.

(3) Plutarque nous apprend que le sévère Caton assistait tous les jours au lever et au coucher de ses enfans.

Et certes, messieurs, il connaissait toute l'importance de cette nouvelle charge, celui qui, après avoir fait le sacrifice des grandeurs, n'hésite pas à s'isoler loin de sa famille, au sein d'une immense capitale, afin d'être tout entier à l'éducation des jeunes élèves (1), qu'il formait à la vertu par son exemple, pendant que ses leçons les initiaient dans les langues de Cicéron et de Démosthènes.

Je regrette de ne pouvoir entrer ici dans des détails où nous aurions souvent à partager notre admiration entre les disciples et le maître; mais l'espace qu'il nous reste à parcourir m'oblige de me hâter.

Paris laissait alors entrevoir une brillante perspective : les savans accouraient de toutes parts vers ce foyer des sciences et des lettres. Parmi cette foule de géomètres fameux que la célébrité d'Etienne Pascal avait attiré dans sa solitude, et qui venaient, de temps à autre, entendre ses leçons ou lui soumettre leurs ouvrages, c'est avec une véritable satisfaction que je retrouve les *Mersène* (2), les *Roberval*,

(1) Le célèbre Pascal avait deux sœurs ; toutes deux savaient le grec et le latin, et nous ont laissé des preuves de leur brillante éducation. Jacqueline, qui mourut au Monastère de Port-Royal, première victime du formulaire d'Alexandre VII, avait remporté à quatorze ans le prix de poésie qu'on distribuait à Rouen, le jour de l'Assomption. Cette pièce, ainsi que plusieurs autres du même auteur, est dans le recueil des *diverses pièces pour servir à l'histoire de Port-Royal*, 1740. Madame Perrier, son autre sœur, est auteur de la vie de Pascal qu'on trouve à la tête des Pensées.

(2) *Mersène* est le premier inventeur de la *Cycloïde*. *Roberval* est l'auteur de l'*Aristarque de Samos*, etc.

les *Carcavi* et *Lepailleur*, parce qu'ils ont aussi des droits à notre reconnaissance.

Élevé à cette école, le jeune Pascal eut à peine assisté à ces entretiens, où l'érudition la plus profonde se montrait toujours sans gêne comme sans faste, qu'entraîné par l'instinct de son génie naissant, il voulut aussi devenir géomètre. Quelques mots sur le but et l'objet de cette science, échappés au hasard pour arrêter les larmes et satisfaire la curiosité importune d'un enfant, ont jeté, dans cette âme neuve et avide de vérité, une étincelle qui devient bientôt un brasier qui la tourmente et la consume. C'est en vain qu'un mentor attentif s'efforce de modérer la fougue de cette imagination indocile, et croit la retenir captive en voilant tout ce qui pourrait lui révéler les secrets d'une étude réservée à un âge plus mûr; affranchi du joug des règles, ce jeune génie secoue hardiment les entraves de l'enfance, dédaigne les routes battues, et, fier du sentiment de ses forces, il saura s'en frayer de nouvelles. Tel, impatient de la contrainte de l'aire paternel, l'aigle prend son premier essor, et, d'un vol hardi franchissant l'espace des airs, plane sur des régions inconnues, et fixe d'un œil intrépide l'astre éblouissant de l'univers.

Pascal, dans cet âge de faiblesse où l'homme ne jouit encore que de quelques facultés physiques, et que la nature consacré aux jeux de l'enfance, seul, en un lieu caché, un charbon à la main, traçant sur des carreaux des figures dont il ignore le nom, et, dans ses méditations, devinant Euclide (1), inventant la géométrie, est un de ces phénomènes qu'on ne trouve qu'une fois dans les fastes de l'esprit humain.

Surpris dans cette attitude, notre jeune Archimède, tout entier à la solution de ses problêmes, ne voit pas qu'il est trahi, lorsque le plus heureux des pères, attendri de ce tableau, vient presser sur son sein ce cher enfant, s'accuse de barbarie, et donne un libre essor à cet esprit, dont la puissance l'épouvante.

Les progrès de Pascal dans une science où il avait devancé les règles, quelques rapides qu'ils soient, ne doivent pas nous arrêter; sa réputation se répand bientôt dans la capitale; introduit dans ces sociétés littéraires qui furent les premières bases de ce corps si célèbre depuis, sous le nom d'Académie française, il y apporta ces talens supérieurs qui ne laissèrent point démentir tout ce que la renommée publiait du jeune Auvergnat.

Suspendons ici un instant notre course : quelque chose de grand se prépare; nous entrons dans un de ces siècles mémorables qui font époque dans les an-

---

(1) Descartes, et quelques autres savans, ne voulurent jamais croire qu'un enfant de douze ans eut trouvé de lui-même la 32e. proposition d'Euclide ; mais aujourd'hui que l'on sait qu'il inventa à dix-neuf ans la machine arithmétique, on ne regarde plus cela comme impossible.

nales du monde; les nations s'éveillent enfin de leur long sommeil.

Près de neuf cents ans d'erreurs et de barbarie pesaient sur l'Europe entière, lorsque, poursuivie par le Musulman, et dispersée sur les mers, la Grèce vint déposer en Italie les précieux restes de ce feu sacré, qui sembla s'éteindre au milieu des disputes et des guerres de religion, après avoir jeté une vive splendeur sous l'influence des Médicis.

La France avait aussi recueilli quelques dépouilles des siècles de Périclès et d'Auguste; mais un peuple qui a croupi dans les ténèbres, n'est pas facile à éclairer : vieillard opiniâtre, non-seulement il faudra le ramener dans l'enfance pour lui apprendre à penser, il faut auparavant déraciner cette vieille habitude, et le dépouiller du préjugé dont il est si fier. Un jargon scientifique, pire que l'ignorance, envahissant nos chaires et nos tribunaux, fermera long-temps tout accès à l'éloquence. Cet enthousiasme pour les anciens n'est encore qu'une admiration stérile, et ces usages gothiques et ce langage barbare prévaudront au milieu des chefs-d'œuvre de l'antiquité, jusqu'à ce qu'enfin se rencontrera l'un de ces génies créateurs, à qui il appartient seuls de frayer les routes et de fixer les langues.

Cependant l'impulsion est donnée : tous les esprits en fermentation épuisent leurs forces pour dévoiler quelque secret inouï dans la nature. Inquiète, agitée en elle-même, l'Europe offre l'aspect de ces volcans dont les symptômes promettent quelque chose d'ex-traordinaire...... L'Allemagne, l'Angleterre et l'Espagne cultivent avec succès les sciences et les lettres. Tandis que le vulgaire, comme un dévôt superstitieux, se prosterne devant les noms d'Aristote et d'Anaxagore (1), Galilée, en Italie, et Descartes, en France, sapaient les autels de ces vieilles idoles, et préparaient le triomphe de la vérité et de la raison.

Au milieu de cette agitation et de ce choc universel, un enfant se fait jour à travers ces grands noms, et ramène à lui tous les regards. Un ouvrage sur les *coniques*, supérieur à tout ce que nous ont laissé les anciens sur ces matières, appelait l'admiration sur un auteur de seize ans. Toutefois, ce n'était qu'un essai des forces qu'il déploie, trois ans après, dans ce fameux travail que les mathématiciens désignent sous le nom de *Machine arithmétique de Pascal,* et qu'ils considèrent comme un effort de l'esprit humain.

Non moins puissant que ce mortel audacieux qui, dans les chants des poëtes, ravit aux Dieux de l'O-

---

(1) Aristote, précepteur d'Alexandre, fut le premier qui fit une logique ; l'autorité de ce philosophe était si grande dans l'école, que le *magister dixit* arrêtait les plus intrépides argumentateurs ; Descartes fut exilé de France pour n'avoir point voulu jurer *in verba magistri.*

Anaxagore, philosophe célèbre, enseigna la physique ; il croyait que la nature s'anéantirait plutôt que de souffrir le moindre vide ; delà ce fameux principe de l'horreur du vide qui égara toute l'antiquité.

lympe leur secret, Pascal, du souffle de son génie, anime aussi la matière, et lui prête des opérations qui n'appartiennent qu'à l'entendement : être (1) inouï dans la nature, *dont les effets approchent plus de la pensée que tout ce que font les animaux.* (*Pensées de Pascal, tom. 2, pag.* 47.)

Mais pourquoi faut-il que des hommes, l'ornement et l'orgueil de l'humanité, soient aussi soumis aux misères qui l'assiégent sans cesse ? Hélas ! le génie arrive quelquefois à la gloire, jamais au bonheur.... Épuisé par de longues veilles, affaibli par une trop forte contention d'esprit, Pascal, à peine sorti de l'enfance, se sent déjà courber sous le poids des infirmités, qui ne feront désormais que s'accumuler jusqu'à ce qu'elles l'arracheront du milieu de sa course pour le précipiter dans le tombeau. Cependant la douleur ne lui impose point encore silence : quelques années se sont à peine écoulées, que déjà il se prépare à entrer dans cette grande lutte qui fait époque dans la physique moderne.

D'une part, l'horreur du vide, consacrée en principe par toute l'antiquité; de l'autre, la crédulité

(1) Leibnitz, trente ans après, avait simplifié cette machine dont on ne se sert plus aujourd'hui ; les logarithmes, en réduisant les opérations les plus compliquées à de simples additions ou soustractions, nous dispensent de recourir à une machine avec laquelle on opère, il est vrai, plus facilement, puisque, par le seul jeu du mécanisme, et sans la moindre attention, on peut en obtenir quelque calcul que ce soit. Mais le prix et l'embarras de sa construction et de son transport sont de trop grands obstacles.

(13)

superstitieuse des contemporains, opposaient de
grands obstacles aux progrès de la science. Galilée et
d'autres avaient reconnu quelques-unes des proprié-
tés de l'air; mais, effrayés de l'autorité des anciens,
ils n'osèrent qu'en tremblant les soupçonner d'erreur. Moins timide que ceux qu'il appelle ses maîtres,
Pascal ne s'arrêta point à de simples conjectures; et,
quelque grand que soit son respect pour les anciens,
il n'est rien à ses yeux qui puisse contrebalancer l'autorité de la raison : il avance donc hardiment, prouve
et démontre que l'antiquité n'est pas infaillible. Il eût
expié ce blasphême, à l'exemple de Galilée (1) ou
de Descartes, si les expériences du Puy-de-Dôme
ne fussent venues à son secours. Tous les savans, les
yeux tournés vers cette montagne, étaient dans l'at-
tente, lorsqu'il y fut démontré, par des faits incon-
testables, que les phénomènes attribués jusqu'alors
à l'horreur du vide, étaient, au contraire, l'effet de
la pesanteur de l'air.

(1) Galilée, le plus célèbre astronome de son siècle, avait déjà
été, en 1631, cité devant l'inquisition, et condamné, par un
décret signé de sept cardinaux, à être emprisonné, et à réciter,
pendant trois ans, les sept psaumes de la pénitence, pour avoir
établi, dans ses dialogues, l'immutabilité du soleil et le mouvement
de la terre autour de cet astre. Ce système fut déclaré *absurde, erroné,
contraire à la foi et aux écritures.* Forcé d'abjurer son hérésie, Galilée, à genoux, et les mains sur les évangiles, dit: *Corde sincero et fide
non fictâ, abjuro, detestor supra dictos errores et hæreses;* mais il ne
fut pas plutôt relevé que, cédant à la conviction de sa raison, il
s'écria, en frappant du pied la terre : *e pur si move !*

Ce grand génie perdit la vue par suite des persécutions, et mourut
à Florence, âgé de soixante-dix-huit ans.

Pendant que la nation applaudit au génie qui l'éclaire, la jalousie, armée de ses fureurs contre une gloire qui l'offense, s'attache à en ternir l'éclat: parmi cette foule d'obscurs détracteurs que l'ignorance avait ligué contre ce grand homme, un adversaire, plus redoutable que les thèses des (1) Jésuites, vient aussi lui disputer les expériences du Puy-de-Dôme; et l'on vit Descartes, abandonnant le trop glorieux exil où le retenait l'erreur, mendier le salaire des travaux d'un autre. Qu'il est difficile, Messieurs, de se défendre ici, de je ne sais quelle idée triste et accablante; du moins, est-ce là ce que j'éprouve en prononçant le nom du père de la philosophie moderne ! Il est donc vrai que les grands hommes ont des faiblesses, et que ces puissans génies, qui semblent destinés à régir le monde, se laissent aussi mouvoir par de petites passions; nous n'établirons point un triste parallèle qui, sans rien ajouter à la gloire de Pascal, couvre d'opprobre le nom de Descartes; les savans discutèrent autrefois leurs prétentions, et depuis le tribunal de la postérité a prononcé.

Les recherches et les expériences sur le poids de

(1) Pendant que les jésuites de Clermont accusaient Pascal de plagiat envers Toricelli, le père Valérien, ainsi que plusieurs autres membres de la société, s'attribuaient, à l'exemple de Descartes, les expériences du Puy-de-Dôme.

Roberval, assistant un jour aux leçons du père Valérien, lui montra publiquement le livre de Pascal dans lequel il les avait puisées : ce qui fut encore plus humiliant pour le professeur, ce livre était imprimé depuis plus de deux ans.

l'air, conduisirent Pascal à d'autres découvertes non moins utiles aux progrès de la physique; Archimède avait déterminé la position et la pesanteur d'un corps plongé dans un fluide; Stévin (1) avait aussi fait de savantes remarques touchant la pression de ce fluide sur les parois du vase qui le contient; mais l'on ignorait encore la mesure exacte de cette pression, et par conséquent les lois générales qui règlent l'équilibre des liqueurs; avant de publier les principes invariables qu'il établit sur ces matières, Pascal s'étaie de nouvelles expériences (2); et le Puy-de-Dôme est une seconde fois le théâtre où la vérité vient se rendre sensible aux yeux du vulgaire. Tout cédait à la puissance du génie conquérant. Quelle voix assez forte pourra désormais célébrer sa marche triomphante dans le domaine des mathématiques ? Qui n'a point lu, qui n'a point admiré ces ouvrages vraiment sublimes ? et aujourd'hui encore, ne suffit-il pas de nommer avec la machine *arithmétique* les *recherches sur la prorpriété des nombres,* le *triangle arithmétique* et le fameux traité de la *roulette,* pour placer hardiment Pascal parmi les plus célèbres mathématiciens. N'oublions pas qu'il fut l'un des premiers en France qui écrivirent sur ces matières (3); si, depuis les progrès dans les sciences

(1) Stevin, géomètre allemand, l'un des plus savans de son siècle.

(2) Cette expérience fut faite dans un ballon l'an 1649.

(3) Pascal est l'inventeur de la brouette ainsi que de plusieurs

ont été rapides, c'est un bonheur pour nous, et nous ne devons pas nous enorgueillir, au point de devenir ingrats; quoique les fondemens d'un édifice ne frappent pas toujours nos regards, ils n'en supportent pas moins ces dômes majestueux qui vont se perdre dans les nues.

Ces divers travaux de Pascal donnèrent une impulsion nouvelle à la physique, la géométrie et les mathématiques; dans les sciences, ainsi qu'en morale, les vérités sont étroitement enchaînées les unes aux autres, à la lueur des principes qu'il plaça, comme des flambeaux, dans ce labyrinthe où s'était égarée toute l'antiquité, il fut depuis facile de reconnaître les vraies routes, et de marcher à d'autres découvertes. Tous les savans répètent déjà avec enthousiasme le nom de Pascal, et le confient à la vénération publique; ses détracteurs, condamnés à ourdir dans l'ombre leurs sourdes manœuvres, n'osent se montrer au grand jour : jamais triomphe ne fut plus éclatant, et qui jamais rendit de plus grands services à sa patrie? Que d'autres fassent encore retentir les exploits des conquérans qui ont ravagé le monde; ma voix, consacrée à des vertus plus douces, ne sera étouffée ni par le cri des nations captives, ni par le renversement des villes et des empi-

autres machines encore aujourd'hui d'un usage journalier. Les gens de l'art regrettent surtout une machine hydraulique qu'il avait faite pour le service de Port-Royal, et que les jésuites détruisirent avec ce monastère.

res ; je n'enchaînerai au char de mon héros d'autres victimes que les préjugés et l'erreur, éternels fléaux des peuples.

Mais c'est trop long-temps entretenir notre illusion sur les grandeurs humaines : quelque sublime que soit l'essor du génie, il tient toujours de bien près à la terre ; quelles sont fragiles, les bases sur lesquelles nous appuyons ces grands mots de gloire et d'immortalité, et quelles sont bien plus fragiles encore, celles sur lesquelles repose le bonheur !.... Tandis qu'un peuple environne d'encens et d'hommages son idole, le ver destructeur ronge tous ses appuis ; elle menace ruine et va tomber en poussière.

En proie aux douleurs les plus déchirantes, saisi dans une partie de ses membres par le froid de la mort, Pascal ne semble s'arrêter au bord de la tombe que pour y voir descendre, sous ses yeux, le plus tendre des pères ; une sœur, qui seule allégeait encore ses souffrances et partageait ses larmes, ne tarde pas à s'ensevelir elle-même dans le monastère de Port-Royal. Sans parens, sans amis, trop faible pour se livrer à l'étude, seul au milieu d'une grande capitale, que deviendra désormais ce génie infortuné ? Il promène autour de lui ses regards, ne peut envisager sans effroi le vide de cette solitude ; ses pas incertains se dirigent alors vers ces routes corrompues qu'il est si difficile de traverser sans souiller son âme, guidé par le seul espoir de trouver quelques adoucissemens à son malheur. La paix vient un instant se rétablir dans ce cœur ulcéré ; mais, hélas ! ce repos n'est encore que le calme effrayant qui règne dans la nature à l'approche des grands orages....

Quoique la solitude soit l'asile du sage, et qu'il paraisse y méditer plus à loisir sur le bonheur de ses semblables, la vraie sagesse n'habite cependant pas toujours les déserts ; elle se plaît aussi parmi les hommes, et se montre souvent au milieu des vagues de cette mer agitée ; afin de leur apprendre par son exemple comment ils doivent supporter les fatigues de la traverse ; elle est tolérante, compatit aux faiblesses et aime toujours l'homme, quoique ennemie de ses vices.

Si Pascal n'eut apporté dans la société que sa grande réputation, peut-être aurait-il éprouvé le sort de ces héros fameux qu'on cesse d'admirer, sitôt qu'on peut les envisager de près ; quoiqu'il ne pratique point la vertu, le monde ne saurait se défendre de l'admirer, et si parfois il paraît injuste, ce n'est point par haine pour elle, parce qu'il n'est point donné à l'homme de haïr ce qui est bien ; on applaudit donc à l'austérité de ses mœurs, parce qu'il était vertueux, moins pour paraître tel par amour pour la vertu ; la droiture de son cœur se peignait dans ses paroles et dans ses actions ; simple et affable dans son entretien, il avait su réduire ce génie naturellement fier ; il le courbait sans gêne vers ses inférieurs, et possédait ainsi cet art heureux de laisser méconnaître aux autres et leur infériorité et sa prééminence; une gaîté douce tempérait la gravité de son caractère; toujours réglé dans sa tenue comme dans sa démarche, il s'éloignait également des excès qu'engendre le luxe ou l'avarice, et sut se renfermer dans ce juste milieu qu'il est si difficile de ne point dépasser, et hors duquel il n'est plus de sagesse.

L'accueil que Pascal recevait dans le monde lui avait fait oublier ses malheurs; déjà même il était sur le point de s'y attacher plus étroitement par les liens du mariage, lorsque le déplorable événement du pont de Neuilly vint le rendre à la solitude. (1)

L'esprit du plus grand philosophe du monde n'est pas si indépendant qu'il ne puisse être troublé; il ne faut point le fracas du tonnerre pour tenir en échec cette puissante intelligence; la vue du moindre danger suffit pour lui ravir toutes ses facultés; voyez comme il sue, comme il pâlit, comme il frissonne, ce génie si sublime, à la vue d'un péril qui n'existe plus ! Qu'est devenue cette raison si forte et ce jugement si sûr ? Partout de nouveaux précipices s'en trouvrent et se multiplient sous ses pas. Quel monstrueux assemblage de vérité et d'erreur, de grandeur

____

(1) Pascal se promenait dans une voiture à quatre chevaux; arrivé sur le pont de Neuilly, village situé sur les bords de la Seine, à une lieue de Paris, les deux premiers chevaux brisèrent leurs traits et se précipitèrent dans l'eau, il en reçut une si vive commotion qu'il resta fort long-temps évanoui; depuis, il vit toujours un précipice à son côté gauche. Quand il s'arrêtait quelque part, il y plaçait ordinairement une chaise et appuyait dessus l'un de ses pieds.

et de faiblesse! Quel étrange phénomène es-tu donc,
ô homme ? je cherche inutilement à te connaître ;
si je m'interroge, si je rentre en moi-même, ma
pensée étrangère, dans sa propre demeure, parcourt
toutes les parties de ce corps qu'elle anime, avec
l'effroi du voyageur, qui, égaré dans les détours
d'un dédale obscur, se tourmente en vain pour découvrir la voie de la lumière. Que sont donc cette
science et ces talens qui enflent ton orgueil? Viens,
mortel savant, viens apprendre ce que tu vaux, et
quel prix tu dois t'estimer ! Pascal, jouet d'un fan-
tôme imaginaire, va t'instruire lui-même ; écoute
ce grand maître ; ses leçons sont d'autant plus sublimes qu'il est une preuve plus terrible des contrariétés frappantes qu'il signale.

« Quelle chimère est-ce donc que l'homme! quelle
» nouveauté ! quel cahos ! quel sujet de contradic-
» tion! Juge de toutes choses, imbécille ver de terre,
» dépositaire du vrai, amas d'incertitude, gloire et
» rebus de l'univers ; s'il se vante, je l'abaisse; s'il
» s'abaisse, je le vante, et le contredis toujours,
» jusqu'à ce qu'il comprenne qu'il est un monstre
» incompréhensible. (1) »

Après cet accident que la frayeur lui fit envisager
comme un ordre du ciel, Pascal s'ensevelit au milieu
de quelques amis pieux, tirant pour jamais le rideau
entre lui et le monde, et n'espérant d'autres con-
solations que celles que l'homme juste et malheu-

____

(1) Pensées de Pascal, tom. 2, pag. 71.

reux vient toujours chercher au-delà du tombeau.

Toutefois ne nous hâtons point de répandre des larmes; loin de rester oisif et muet dans la solitude, ce puissant génie ne semblait attendre un dernier coup de foudre que pour s'élancer à une plus grande gloire; l'écrivain qui crée et fixe une langue, le moraliste qui dévoile les dangers d'une morale désastreuse, le philosophe qui éclaire ses semblables, n'est pas moins digne de nos hommages que le savant qui reculait les limites des connaissances dans la physique, la géométrie et les mathématiques. Poursuivons, dans cette nouvelle carrière, les traces de ce grand homme, et l'admiration fera encore taire un instant nos regrets.

SECONDE PARTIE.

De tous les fléaux qui ont affligé l'humanité, le plus terrible fut celui qui, suscité au nom d'une religion qui le condamne et l'abhorre, ensanglanta la surface de l'Europe entière; le fanatisme, en armant les peuples, les rend toujours cruels, et le tableau des guerres de religion est, dans les annales du moyen âge, la page la plus humiliante pour l'esprit humain. Lorsqu'on envisage aujourd'hui sans prévention les motifs et l'issue de tant d'horreurs, la raison indignée ne peut refuser sa reconnaissance aux sages qui ramenèrent les nations s'entregorgeant pour l'amour de Dieu, et aux princes qui, plus attentifs au bonheur de leurs sujets qu'à l'enthousiasme aveugle de quelques théologiens opiniâtres, se conformèrent aux lois saintes de la nature; et, proclamant la liberté des consciences, érigèrent la tolérance en principe (1) dans leurs gouvernemens paternels.

La morale de l'Évangile, comme l'a dit Rousseau, *parle au cœur;* ce ne fut que par la persuasion et les bienfaits que son auteur la fit régner dans le monde. Retranchez donc la branche inutile; mais n'abattez jamais l'arbre; il s'agit de corriger et non de détruire...... Qu'ils l'entendaient mal cette morale sublime, ceux qui, animés d'un zèle sanguinaire, ou-

(1) L'édit de Nantes, celui de 1788, et la charte plus récemment.

bliant qu'ils étaient hommes, et par conséquent sujets à l'erreur, se proclamèrent hautement les vengeurs du ciel, et poursuivirent, le fer à la main, des infortunés dont tout le crime était de ne point penser comme eux!

Le jansénisme offrit à la France la dernière scène de cet atroce despotisme. Quoique nous respirions aujourd'hui à l'ombre des lois protectrices de nos libertés, et qu'il ne nous reste de ces temps malheureux qu'un souvenir perdu pour jamais, sans les noms illustres qui s'y rattachent, je ne rappellerai cependant qu'avec répugnance ces vaines discussions qui occupent un trop long espace dans la vie des hommes dont les connaissances, plus utilement appliquées, eussent hâté le progrès des lettres. Quelque difficiles et périlleuses que soient d'ailleurs les routes dans lesquelles je m'engage, je suivrai toujours l'impulsion de ma conscience; si mes efforts ne répondent point à la pureté de mes intentions, je puis bien être dans l'erreur, mais je ne serai pas coupable; les jésuites et les jansénistes n'excitent ni ma haine ni ma reconnaissance, et la vérité m'est plus chère que les uns et les autres.

Le rôle de Pascal dans cette lutte ne fut d'abord que subsidiaire; mais, tel est l'ascendant du génie, qu'il dépasse bientôt ceux qui parcourent la même carrière que lui, et absorbe tous les regards. Faut-il donc s'étonner si des chefs-d'œuvre placent à la tête d'un parti celui qui en fut le plus éloquent défenseur ? Avant d'arrêter notre admiration sur ces *lettres* immortelles, première base de la langue française, il est nécessaire d'en connaître l'objet, et de remonter aux causes de cette guerre fatale au repos de l'Église et encore plus au bonheur de la France, où elle ralluma le flambeau des dissentions civiles. Posons d'abord ces deux grands principes, non moins certains que difficiles à concilier, qui sont toutefois le seul fil qui puisse guider notre faible raison dans cet effrayant labyrinthe : je veux parler de la prescience de Dieu et du libre arbitre de l'homme.

Considéré sous le rapport de la moralité de ses actions, l'homme est libre, personne n'en douta jamais de bonne foi.

Un autre principe non moins incontestable est la prescience divine : cet attribut dérive si directement de l'existence de Dieu, qu'il serait plus raisonnable d'attaquer cette existence elle-même ; car, ne point admettre la prescience dans un être parfait que l'on admet, serait rejeter la conséquence d'un principe reconnu.

Cependant, si Dieu a la prescience, que devient la liberté de l'homme ? Et, d'une autre part, comment concilier dans un être parfait la justice et cette même prescience ? S'il est vrai que mes actions ne puissent être autres qu'elles ont été prévues par la Divinité, ma raison n'a-t-elle pas le droit d'accuser celui qui m'a fait un don, s'il connaissait le mauvais usage que j'en devais faire ? C'est bien plus encore

qu'un père barbare qui confie une arme dangereuse
à la main imprudente de son enfant..... Que devien-
dras-tu donc, ô homme qui veux connaître ta véritable condition? Humilie cette intelligence orgueil-
leuse : car, chose étonnante! ce désir qui l'entraîne
à la recherche de la vérité, semble l'enchaîner dans
l'erreur. Mais si telle est notre déplorable destinée
que, suspendus entre deux abîmes également affreux,
les efforts que nous faisons pour éviter l'un, nous en-
traînent dans l'autre. Pourquoi ne jouissons-nous au
moins du repos de l'animal stupide et insouciant?...

Voilà ces écueils funestes contre lesquels la raison
humaine viendra toujours échouer, et la source de
cette dispute qui divisa, de tout temps, les opinions
des hommes! Si nous pénétrons dans les écoles des
anciens philosophes, les uns, soumettant l'homme
à cette terrible fatalité, le dégradent et l'assimilent
à la bête, pendant que d'autres le font marcher l'égal
des Dieux, en le rendant seul arbitre de ses actions.
Parmi les juifs, le pharisien et le saducéen ne sont
pas plus d'accord, et cherchent en vain à concilier
des principes qui, dans un temps plus rapproché de
nous, remplissent de confusion le christianisme. Je
ne rappelle point les interprétations que les disciples
de Luther et de Calvin défendirent, les armes à la main;
j'ajoute une simple réflexion; et pourquoi craindre
de le dire, même à la honte des chrétiens : Oui, *si
le calme et la paix avaient régné dans les disputes
des anciens philosophes, celles des théologiens fu-*

rent souvent sanglantes et presque toujours tumul-
tueuses.

Les discussions du jansénisme rentraient aussi dans ce dédale inextricable; il s'agissait d'exprimer l'action de la grâce sur notre volonté, et de concilier cette volonté avec la prédestination (1). Rome, en lançant ses foudres, et sur Pélage, qui détruit l'efficacité de la grâce par le libre arbitre, et sur le Manichéen, qui tombe dans l'excès contraire, n'avait point aplani la difficulté. Parmi cette foule d'ouvrages inconnus que nous ont laissé sur ces matières les théologiens de tous les ordres, celui du fameux Jansénius, évêque d'Ypres, ne devait point non plus échapper à l'oubli, si quelques propositions de Bayus (2), contraires aux principes que Molina et Suarez avaient fait prévaloir, n'eussent fomenté des divisions dans l'école, et rallumé des feux mal éteints. Ce vertueux prélat, plus jaloux d'entretenir la paix au milieu de son troupeau que de s'engager dans des disputes toujours scandaleuses, avait lui-même cité son livre devant le tribunal du Saint-Siége; sa piété eût sans doute donné l'exemple admirable que traça, quelques années après, le Cygne de Cam-

(1) Il est de foi que l'homme est libre; il est aussi de foi que, sans la grâce, *non sumus sufficientes cogitare aliquid à nobis tanquam ex nobis.* SAINT PAUL.

(2) Bayus soutint, vers l'an 1552, quelques propositions erronées sur la grâce; ce fut quelques années après que Molina, jésuite espagnol, inventa le *congruisme.*

bray ; malheureusement il ne survécut point à sa condamnation.

Cependant Rome indécise imposait silence aux docteurs de Louvain, lorsque la rivalité vint susciter en France des défenseurs et des ennemis à ce prélat, et fit éclater la guerre entre les jésuites et Port-Royal. L'on vit alors aux prises ces deux sociétés religieuses : l'une, qu'on a peut-être trop décriée parce ce qu'elle avait été trop louée, mérita long-temps des éloges pour les services qu'elle rendit aux sciences et aux lettres ; née au milieu des troubles et des guerres de religion, elle s'était exercé dans toutes les subtilités métaphysiques de la théologie, et formait, autour de la chaire des souverains pontifes, une milice aguerrie, toujours prête à combattre les hérétiques ; trop heureuse si, moins fière de ses succès, elle n'eût pas oublié qu'elle ne devait qu'à la morale de l'Evangile ses premiers triomphes ! Elle se laissa éblouir en approchant de trop près la pourpre des rois ; et, plus faible à mesure qu'elle obtenait de plus grandes faveurs, elle devint intolérante, se prostitua dans l'opinion publique en prêchant une morale corrompue, et ne put conserver long-temps, même sous le double manteau de la religion et de la royauté, un pouvoir qu'elle avait usurpé, en formant la jeunesse et régissant la conscience des rois (1).

(1) Ces prétendus compagnons de Jésus furent mandarins à la Chine, vassaux usurpateurs au Paraguai ; inquisiteurs à Goa, négocians et banqueroutiers dans les Antilles ; introduits partout dans le

Plus rapprochée de son berceau, l'autre sembla naître et s'éteindre avec le siècle de Louis XIV dont elle fut le plus bel ornement; elle avait réuni dans son sein cette foule d'écrivains célèbres qui, après avoir joué un grand rôle dans le monde, venaient chercher dans la solitude ce calme qu'ils n'avaient pu trouver au milieu des grandeurs; tous réunis dans le même dessein, ces savans solitaires, loin de laisser écouler leur vie dans une pieuse oisiveté, instruisaient la jeunesse, formaient Racine et Despréaux, traçaient les règles de la langue, et composaient, sur l'écriture sainte, la morale, la logique et les sciences, ces ouvrages où respirent, dans tout leur éclat, les maximes de la plus haute sagesse. Tels étaient ces *monstres dangereux à la religion, à la morale et à l'état, secte infernale qu'il fallait exterminer....* (1) Pardonnez, ombres sublimes! si je reproduis le langage de la haine et de la calomnie, non! ce ne fut jamais que dans la bouche de leurs détracteurs odieux que les noms de Pascal, Arnauld, Nicole, Sacy, Saintcyran et Lancelot alarmèrent la vertu. L'esprit de parti raisonne mal, et ne pardonne jamais à son adversaire la supériorité des ta-

conseil des grands, prêchant l'erreur sur les bancs de l'école, affichant l'austérité dans la chaire, flattant le vice dans le confessionnal, etc. (Paroles de Montfleury et de d'Aguesseau, extraites de M. Lacretelle jeune, *Histoire de France*, tom. IV, pag. 21.)

(1) Voyez le projet de Bourg-Fontaine; l'apologie pour les casuistes; le Rabbat-Joie des jansénistes, par le père Annat, confesseur de Louis XIV.

lens; les Jésuites avaient à venger, avec leur gloire littéraire éclipsée, l'honneur de leur théologie qu'ils ne pouvaient plus défendre ; aussi cherchèrent-ils moins à convaincre qu'à perdre de trop redoutables ennemis.

Je n'examinerai point si les cinq propositions condamnées sont de Jansénius ou non, ni si Rome, en condamnant un ouvrage, a le pouvoir d'interpréter le sens et l'intention de l'auteur ; les bulles des papes, les censures de la Sorbonne ne nous intéressent pas davantage, et ne furent qu'un prétexte à la fureur des jésuites; la cour de France cependant se déclare aussi contre Port-Royal, qui ne tarda pas à éprouver ce que pouvaient ses ennemis. (1)

Un homme, dont la vie n'est pas moins étonnante que les ouvrages, colosse littéraire dont le vaste génie embrassait toutes les sciences et toutes les vertus;

(1) Je citerai un autre passage de l'*Histoire de France* de M. Lacretelle, pour prouver le pouvoir des jésuites, et montrer les moyens dont ils se servaient pour combattre leurs adversaires. (Voyez tom. I, pag. 59.) Le père Letellier, confesseur du roi, n'eut pas de repos qu'il ne se fut assuré de la condamnation du livre de *Quesnel*; Louis XIV l'exigea et l'obtint de Clément XI l'an 1713. Amelot, ambassadeur de France, chargé de solliciter cette condamnation, demandait au pape, après l'avoir obtenue, pourquoi elle portait précisément sur 101 propositions. « Que vouliez que je fisse ? lui répondit le pontife en soupirant; le père Letellier avait dit au roi qu'il y avait dans ce livre plus de cent propositions censurables ; il n'a pas voulu passer pour menteur; on m'a tenu le pied sur la gorge pour en mettre plus de cent; j'en ai mis une de plus. »

logicien, astronome, géomètre, grammairien, philosophe toujours égal dans l'une et l'autre fortune,
méprisant les dignités dans sa patrie, supérieur à
l'adversité dans l'exil, écrivain que Despréaux appelle *le plus grand mortel qui ait jamais écrit*, con-
troversite que soixante ans de disputes n'avaient point
fatigué (1), et qui ne voulut d'autre terme à ses longs
travaux que l'éternité (2), le grand Arnauld enfin,
après avoir lutté seul contre cette nombreuse ligue,
cédait à l'injustice, et se voyait repoussé du sein de
cette Sorbonne dont il était l'oracle : les jésuites
s'applaudissaient d'avoir humilié ce grand homme,
lorsqu'un nouvel adversaire se présente dans la lice
et vient troubler ce triomphe; Arnauld, censuré par
la Sorbonne, pouvait sans doute se justifier lui-même;
mais il était à craindre que ce docteur, si grave et
si modeste, n'écrivit que pour les savans; Pascal
seul pouvait faire plus, et fit ses *Provinciales;* ces
lettres, le premier ouvrage de notre langue, et l'un
des plus grands chefs-d'œuvre qui aient jamais paru
chez aucun peuple, devait exciter l'enthousiasme
des contemporains; la France, déjà riche de ses bel-
les et nombreuses découvertes dans les arts et les
sciences, ignorait encore le moyen de les transmettre
à la postérité; soumise aux caprices de chaque écri-

(1) Ses Œuvres sont en 80 volumes.
(2) Nicole, fatigué de ses disputes, conseillait à Arnauld de
prendre du repos : *Eh! n'aurez-vous pas*, lui répondit ce grand
homme, *pour vous reposer l'éternité toute entière.*

vain, sa langue incertaine n'était pas encore astreinte
à cette marche uniforme et invariable, qui peut
seule perpétuer les rapports et le commerce entre
les générations séparées par des siècles.

Toutefois le mérite d'être le premier livre écrit
en notre langue n'est pas le seul des *Provinciales*.
Si Pascal n'eût été qu'un savant docteur, le nom
de son ouvrage ne serait peut-être point parvenu
jusqu'à nous; le théologien est inconnu dans l'Europe et souvent ignoré dans son propre pays; mais
l'écrivain qui sait concilier les choses les plus op-
posées en apparence, répand de l'intérêt dans les
matières les plus abstraites, et initie, en l'égayant,
une nation entière dans les discussions du jansénisme, ne doit pas être confondu dans la foule
des théologiens vulgaires. Tous les siècles éclai-
rés réclament l'œuvre du génie; les jésuites et les
jansénistes auront existé, qu'on lira encore les
Provinciales. Pascal a lié son nom à celui d'une
langue qu'on parlera bientôt dans tout l'univers, et
même aujourd'hui, quelque difficulté que nous
ayons à compter les nouveaux chefs-d'œuvre qui
ont enrichi notre littérature, et quelque soit notre
insouciance pour toute controverse que l'esprit
de parti n'échauffe plus, nous venons encore étu-
dier dans ce vieux tableau les couleurs et les nuances
qui conviennent à la vraie critique et à la bonne
plaisanterie. Avec quel art et quelle adresse il vient
au secours de son ami, provoque à son tour ses

adversaires, et, tournant contre eux leurs propres armes, dévoile à la face de l'univers tous les dangers d'une morale corrompue. Quelle science! quelle érudition! l'esprit conçoit à peine que, dans un cadre si resserré, on ait pu exposer et réfuter tant d'erreurs et tant d'absurdités. Parcourez cette longue liste de casuistes (1), en est-il un seul dont la doc-

(1) Pour démontrer toute l'absurdité de la morale des casuistes, il suffira de mettre sous les yeux quelques passages condamnés par le clergé de France en 1700.

Les propositions d'Escobard sont extraites du tome in-folio de sa *Théologie morale*, imprimée à Lyon, dédiée au général des jésuites, approuvé par le provincial et par quatre docteurs de la société.

« 1°. Si quelqu'un jure n'avoir pas fait une chose qu'il a véritablement faite, soit qu'en jurant il soit seul ou en présence de plusieurs, ne ment pas et n'est point parjure, pourvu qu'il entende en lui-même quelqu'autre chose qu'il n'ait pas faite, ou quelqu'autre endroit que celui où il l'a faite.» (*Escobard, Théo. mor. sect.* 11, *cap.* 7, *probl.* 24, *pag.* 26.)

« 2°. Dans une opinion probable que la taxe des marchandises n'est pas juste, on peut user de faux poids pour gagner davantage, et le nier avec serment, en usant d'équivoque, lorsqu'on est interrogé par le juge. » (*Escobard, Théo. mor., liv.* 2, *sect.* 1, *pag.* 34.)

3°. Ce n'est pas simonie d'obtenir un bénéfice en promettant de l'argent lorsqu'on n'a pas dessein de le payer. (*Escobard, Théor. mor., trac.* 1 *et* 7, *pag.* 954.)

« 4°. Ce n'est pas un péché mortel de pécher pour la gloire ou l'argent. » (*Escob., trac.* 1er, *exemp.* 7, *cap.* 3.)

« 5°. On peut tuer celui qui nous donne un démenti ou nous dit des injures. » Le père Lami va plus loin et assure : « Qu'un religieux peut tuer celui qui attaque sa qualité de savant par des médisances. (*Escob., trac.* 1er, *exemp.* 8, *cap.* 3.)

« 6°. Il est probable que celui-là ne pèche pas mortellement, qui, pour défendre son honneur, impose à un autre un crime faux, si

trine ridicule ne vienne ajouter au comique de cette pièce vraiment sublime ? Quel mélange incon-

cette opinion n'est pas probable, à peine y en aura-t-il une probable dans toute la théologie. » (*Escob., Th. mor. ex. 2, cap. 4.*)

« 7°. Les juges peuvent recevoir des présens des parties et ne sont pas obligés de restituer ce qu'ils ont reçu pour juger injustement. » (*Escob., Th. mor., trac. 3, ex. 2, cap. 6.*)

Comme on le voit, ce bon père Escobard ne voulait damner personne ; le moyen qu'il avait trouvé pour empêcher que les hommes ne soient fourbes et méchans était infaillible ; aussi semble-t-il s'applaudir lui-même de cet heureux expédient, et s'écrie, pag. 37 : *An non melius viatori plures vias exponi quàm si unica tantùm reperiretur.*

« On n'est pas obligé de fuir l'occasion prochaine de pécher quand on a quelques raisons honnêtes pour ne pas la fuir, ainsi il ne faut pas obliger un concubinaire à chasser sa concubine, si elle était d'une trop grande satisfaction ponr ce concubinaire, qui passerait une vie triste sans elle, qui serait dégoûté des viandes apprêtées par toute autre, ou qui aurait trop de peine à trouver une autre servante. » (*Sanctius in select, disp.* 10, *sum.* 20.)

« Celui qui va à la messe pour y voir impudiquement une femme, et qui sans cela n'aurait pas satisfait au précepte d'entendre la messe, y satisfait, quand même il aurait l'intention expresse de n'y pas satisfaire. (*Mascarenhas, J. tr.* 5, *n.* 518.)

« Les serviteurs peuvent prendre en cachette à leurs maîtres de quoi compenser les services qu'ils leur rendent lorsqu'ils les jugent plus grands que les gages qu'ils reçoivent. (*Bauny, Som. des péch., pag.* 307, *édit.* 8.)

On n'est obligé, ni selon le droit naturel, ni selon les lois, de rendre ce qu'on a reçu pour donner une sentence injuste, pour commettre un assassinat ou un adultère, mais on peut le garder. » (*Lessius, de Just., liv.* 2, *chap.* 14, *n.* 52.)

« Il est permis à un fils de se réjouir du parricide de son père, qu'il a commis étant ivre, à cause des grands biens dont il en hérite. » (*Pars* 5, *trac.* 14, *res.* 108.)

« Il est douteux si un religieux, ayant abusé d'une femme, ne

cevable de critique judicieuse, de raillerie amère, de raisonnemens serrés, d'ironies sanglantes, de gravité et de dérision! Qui mania jamais avec plus d'avantages l'arme redoutable avec laquelle Socrate désespérait les sophistes de la Grèce? C'est le génie, armé du glaive tranchant du ridicule, qui surprend son ennemi, l'interroge, le presse, le terrasse, le confond et ne le quitte jamais sans laisser échapper ce sourire déchirant que provoque toujours l'em-

la peut tuer quand elle le publie. (*Caramely, in Th. fund.* 55. *sect.* 6, *pag.* 544.)

« Les filles peuvent disposer de leur virginité contre le gré de leurs parens, selon le père Bauny. Elles peuvent disposer de leurs corps, parce que la virginité n'est qu'une chose accessoire au corps. » (*Appol. p. lescas. pag.* 141.)

« On peut procurer l'avortement avant que le fruit soit animé pour sauver l'honneur d'une fille. » (*Dianum. in part.* 6, *tr.* 6, *resol.* 33.)

Il me serait facile de multiplier de pareilles citations, mais c'est plus que perdre mon temps que de l'employer à la recherche de choses si abominables.

Pour faire adopter une telle morale, il eût fallu pervertir l'esprit et le cœur humain et changer toutes les opinions reçues dans la société, aussi le père Caramuel avance-t-il : « Qu'il faut réformer la logique, parce que celle qu'on a enseignée jusqu'ici ne s'accorde pas assez avec la doctrine des probabilités. » (*Caramuel, p.* 550, *Théologica fundam.*)

Et ce fut pour avoir tourné en ridicule de pareils écrivains que *les Provinciales* furent condamnées à Rome et brûlées dans toutes les villes de France! Mais la vérité finit toujours par avoir raison, et comme le disait Pascal lui-même : « Si mes lettres sont condamnées à Rome, ce que j'y condamne est condamné dans le ciel : l'inquisition et les jésuites sont les deux fléaux de la vérité. » (*Pensées, deuxième partie, article* 17, *pag.* 182.)

barras déplorable d'un théologien vaincu, hésitant
entre l'aveu de sa défaite et la défense d'un principe dont il vient de confesser l'absurdité. Suspendons ces éloges qui ne sont d'aucun poids, et,
recueillant le suffrage des grands maîtres, fermons
la bouche à ceux qui seraient tentés de nous accuser
d'enthousiasme aveugle ; et certes, il fallait bien
qu'il fût admirable en effet le livre que Bossuet
enviait à Pascal, que Racine et Despréaux trou-
vaient supérieur à tous les ouvrages de leur siècle,
et dans lequel Voltaire, après eux, admirait le
comique de Molière et la sublimité de l'Aigle de
Meaux.

Atterrés par ces lettres foudroyantes, les jésuites
cherchèrent moins à y répondre qu'à perdre leur
auteur ; les calomnies les plus noires, les injures les
plus outrageantes, telles furent les armes dont ils
se servirent, et, à défaut de raison, ils prouvèrent
qu'ils avaient au moins la force. Je me garderai
bien d'énumérer ici toutes les fureurs de la haine et
de la vengeance : ce serait mal interpréter la pensée
de ces hommes généreux qui, sans se plaindre, se
laissent entraîner, les uns dans ces lieux affreux,
séjour ordinaire du crime que la justice y enchaîne,
pendant que d'autres viennent cacher, dans l'exil (1),

____

(1) Sacy fut enfermé dans la Bastille ; ce fut dans un cachot que
ce savant traduisit la Bible en 32 volumes.

Nicole fut exilé l'an 1679, après la mort de la duchesse de Lon-
gueville, sa protectrice.

des vertus et des talens qu'on récompense si mal dans leur patrie. Cependant l'animosité des jésuites, ne pouvant s'assouvir sur ces religieux, cherchait d'autres victimes ; ils étaient sans doute bien coupables aussi les murs qui avaient offert un asyle à Nicole , Arnauld et Sacy-Lemaître ; il fallait les détruire de fond en comble , et l'œil effrayé chercha bientôt à travers les sillons de la charrue le monastère de Port-Royal. La mort , en brisant la plume énergique qui écrivit les *Provinciales* (1) , et réfuta l'apologie des casuistes , ne put arracher cette victime aux outrages de ses ennemis ; ils portèrent une main sacrilége sur ses cendres refroidies , et ce grand homme , voué à l'opprobre par une société puissante , sembla descendre tout entier dans le tombeau ; l'éloquence resta muette , et les muses n'osèrent point répandre des larmes autour de son cercueil ; la crainte avait fait taire la louange et la douleur. Bien plus , à l'exemple de ce tyran de Rome qu'effrayaient les images de Brutus et de Cassius (1), ils rayèrent aussi du catalogue de nos grands hommes (2) les noms de Pascal et d'Arnauld ;

Lancelot fut exilé à Quimperlay.

L'exil du fameux Arnauld , et la réclusion de Saint-Cyran sont connus.

(1) Pascal mourut le 19 août 1662 , âgé de trente-neuf ans et deux mois.

(2) *Præfulgebant Cassius et Brutus eo ipso quod eorum effigies non videbantur.* (TACITE.)

(3) On força Perrault de retrancher de sa *Galerie des Grands Hommes* les noms de Pascal et d'Arnauld.

la main du bourreau livra aux flammes sur une place publique ces ouvrages dans lesquels le génie avait tracé en caractères ineffaçables tout le ridicule d'une morale dépravée : tristes moyens d'avoir raison ! Ils croyaient donc étouffer aussi dans ces brasiers les cris de la vérité, le souvenir de leur intolérance et l'indignation des peuples. S'il est un temps où l'on puisse opprimer impunément l'innocence, sa durée n'est que passagère, il est un tribunal dans la postérité et un Dieu qui punit l'injustice.

Si tel est le sort des grands hommes, qu'ils soient tous condamnés à racheter, dans les traverses de la vie, cette gloire que nous leur donnons lorsqu'ils ne sont plus, Pascal, quoique enlevé au milieu de sa course, avait rempli sa destinée ; la nature semblait s'être liguée avec ses ennemis pour abreuver d'amertume cette âme sensible, qui depuis long-temps ne tenait à la vie que par des douleurs, et ne donnait d'autres signes d'existence que des soupirs. Ce fut néanmoins dans cet état d'infortune, où le malheureux n'aperçoit qu'avec peine les liens demi-brisés qui le retiennent encore au bord de la tombe, et n'éprouve d'autres sentimens de vie que l'horreur de la perdre ; ce fut au milieu des angoisses d'une lente maladie que, faisant un dernier effort, il s'affranchit des faiblesses humaines, et entreprend d'élever à la religion ce grand monument qu'il n'achèvera point, mais dont les ruines subsistent encore pour effacer la magnificence des plus beaux ouvrages.

Après Dieu, l'homme est de tous les êtres le plus incompréhensible ; jeté sur cette terre qu'il ne connaît pas, ne sachant ni ce qu'il est, ni d'où il vient, ni où il va ; également tourmenté par le passé et l'avenir, il est, par rapport à sa nature, dans une ignorance effrayante ; s'il interroge sa raison, elle ne se conçoit plus elle-même ; les sages de l'antiquité ne l'instruiront pas davantage ; divisés en deux grandes sectes, ils choisissent, pour mobile de ses actions, des principes contradictoires ; et, tandis que les uns lui commandent de lever la tête et de contempler la majesté des cieux : *Être vil,* lui crient les autres, *baisse tes regards vers la terre, et vois l'animal dont tu es le compagnon.* Que deviendra cependant l'homme ? Sera-t-il égal à Dieu ? Sera-t-il égal à l'animal stupide ?...... Il est faible, il est malheureux, puisqu'il connaît sa misère ; mais il est bien grand puisqu'il la connaît ; celui-là seul gémit de n'être pas roi, qui a perdu la royauté.....

Après avoir cherché long-temps la solution de ce grand problème, Pascal saisit par la main ce roi détrôné, dissipe le nuage des passions et des préjugés qui obscurcissaient sa vue, remonte avec lui, à travers les divers systèmes des philosophes, au premier principe des êtres, et le ramène, à la lueur du flambeau de la raison, à cette religion, le plus grand des bienfaits de la Divinité envers sa créature, puisque elle seule lui explique son origine, sa chute et sa destination.

Si l'on ne pouvait concevoir un plus vaste projet, jamais la philosophie n'avait fait entendre un pareil langage. C'est ici que Pacal déploie toute sa puissance; tour à tour simple et hardi, familier et sublime, il dédaigne ce vain concours de mots sonores et harmonieux; l'expression la plus ordinaire reçoit, sous sa plume, l'empreinte de sa pensée; qui jamais dit de plus grandes choses, et les dit avec moins d'efforts? S'il déclame, c'est la raison qui commande en souveraine; ne cherchez point à le surprendre dans ces écarts ou ces négligences qui paraissent inséparables de la fougue et de l'impétuosité du génie : c'est de tous les fleuves le plus rapide; ses eaux coulent à pleins bords, mais ne débordent jamais. Réfute-t-il l'athée, le sceptique ou Pyrronien? Suivez cette logique entraînante; cette main, qui maniait avec tant d'avantage l'arme légère du ridicule, s'est emparée de la massue d'Hercule. Quel autre pénétra plus avant dans les abîmes de la nature humaine? Veut-il peindre la misère et la vanité de l'homme? ses tableaux sont si effrayans, que l'esprit ne peut se défendre d'une terreur soudaine. Toutefois, il ne trempe son pinceau dans des couleurs si sombres, que pour en faire jaillir toute la dignité de la raison : « Non, l'homme n'est point un Dieu, l'homme n'est » point un vil animal, ce n'est qu'un roseau le plus » faible de la nature; mais c'est un roseau pensant : » il ne faut point que l'univers entier s'arme pour » l'écraser; une vapeur, une goutte d'eau suffit pour » le tuer; mais, quand l'univers l'écraserait, l'homme

» serait encore plus noble que ce qui le tue, parce
» qu'il sait qu'il meurt; et l'avantage que l'univers
» a sur lui, l'univers n'en sait rien (1). »

Quel malheur que la main qui forma le plan de
ce sublime édifice n'ait pu en réunir les matériaux
épars! La religion, la morale, la philosophie et les
lettres déploreront à jamais cette perte irréparable.

Si nous jetons maintenant les regards sur la vie
privée de Pascal, nous y retrouvons l'exemple
de ces vertus dont ses *Pensées* nous offrent de si
éloquens préceptes; les vérités de morale et de religion n'étaient pas en lui les froides conjectures du
sceptique qui doute : elles se changeaient en de pro-
fonds sentimens, et imprimaient un caractère de
grandeur à ses paroles comme à ses actions; il avait
conçu la plus haute idée de l'homme; partout il en
faisait un roi; mais, *de même que les rois ne sont ja-*
mais plus grands que lorsqu'ils soumettent toute leur
grandeur à la justice, et joignent, au titre de maître
du monde, celui d'esclave de la loi (2), l'homme n'était
jamais plus grand à ses yeux que lorsqu'il humiliait
sa raison devant les voiles impénétrables que lui op-
posent les dogmes d'une religion pleine de mystères.
Au seul nom de la Divinité, Bacon s'inclinait devant
elle; Pascal fit plus encore, et peut-être même
porta-t-il trop loin le dépouillement de toute affec-
tion humaine, afin que l'idée de Dieu fût toujours
présente à son esprit. Si on a quelque peine à lui par-

(1) Pensées de Pascal, tom. 2, chap. 23, pag. 147.
(2) Extrait de d'Aguesseau.

donner ce cilice qui déchire son corps, le cœur se révolte à la vue du sacrifice dans lequel il immole et condamne l'attachement qu'il avait pour ses proches. Il ne voyait, dans les richesses, que le moyen de secourir l'indigence ; le malheureux n'implora jamais en vain ses secours ; sa maison lui offrait un refuge, tandis que ses soins arrachaient au libertinage la beauté innocente, mais pauvre, et mettaient ainsi la vertu infortunée à l'abri de tristes naufrages.

Qui pourrait retracer cette résignation continuelle au milieu des tourmens qui empoisonnèrent tous les instans de sa vie ? L'orgueil du stoïcien a bien pu nier la douleur; le chrétien seul la maîtrise; et Pascal, conservant toujours un air calme et résigné, tournant vers le ciel des yeux animés par l'espérance, ne doit pas être confondu avec le disciple insensible de Zénon.

Mais comment des organes, usés par une fièvre brûlante et desséchés par l'activité de cet esprit infatigable, purent-ils suffire à tant de souffrances, à tant de travaux et à l'exercice de vertus si austères? Pascal présente un phénomène qui terrasse d'admiration ; ne dirait-on pas que la nature avait choisi à dessein le plus faible des êtres, pour nous montrer jusqu'où pouvait s'élever le génie de l'homme ? S'il est difficile de concevoir un Démosthènes, un Cicéron, un Bossuet, on peut au moins les comparer; Pascal se produit seul à l'esprit effrayé. Quel autre, parmi les anciens et les modernes, réunit à un si haut degré, au jugement le plus profond, l'imagination la plus brillante et une mémoire qui tenait du prodige? Dans l'espace de quelques années, il parcourut, à pas de géant, l'immense carrière des connaissances humaines, se montra créateur dans tous les genres, opéra une révolution dans la physique, la géométrie, les mathématiques et les lettres, surpassa Arnauld et Bossuet dans la controverse, et laissa à la France des sciences et une langue qu'elle ne connaissait point avant lui. Non, Rome et Athènes, dans leurs plus beaux jours, ne virent rien de si grand. Heureux donc et mille fois heureux les siècles qui enfantent de pareils prodiges, et plus heureux encore ceux qui sauront rendre justice aux vertus du plus beau génie qui fut jamais.

Daigne, ombre sublime, agréer ces hommages que la Patrie vient t'offrir par mon faible organe! Jeune encore, et presque sans expérience, je connais peu l'art de bien dire; mais j'ai appris à ton école à connaître, à estimer la vertu, et si mes éloges ne sont pas éloquens, on y retrouvera du moins cette vérité dont tu m'inspiras l'amour; il fut un temps où ce langage eût été un crime; mais ils ont passé, ces hommes puissans qui avaient juré d'anéantir au milieu des bûchers ton nom et tes ouvrages; une génération plus équitable les a remplacés, oui, tu vivras à jamais dans notre mémoire; ta gloire est celle de la vertu, elle sera éternelle comme la vertu elle-même.

FIN.